ADA MAGNÍFICA, CIENTIFICA
INVESTIGA

¡TODO SOBRE LOS INSECTOS!

Andrea Beaty y Dra. Theanne Griffith

Traducción: Dra. Alexandra De Castro

VINTAGE ESPAÑOL

Para mi abuela, Lena Page. —A. B.

Para mi compañero en la vida y en la ciencia, Jorge. —T.G.

Originalmente publicado en inglés en 2023 bajo el título *ADA TWIST, SCIENTIST-The Why Files: Bug Bonanza!* por Amulet Books, un sello de ABRAMS, Nueva York.
(Todos los derechos reservados, en todos los países, por Harry N. Abrams, Inc.)

Primera edición: marzo de 2024

ADA TWIST ™ Netflix. Usado con autorización.
Copyright © Andrea Beaty, por el concepto y el texto
Imágenes de la serie ADA TWIST © Netflix, Inc. Usadas con autorización de Netflix.
Ada Magnífica, científica y los Preguntones fueron creados por Andrea Beaty y David Roberts
Copyright © 2024, Penguin Random House Grupo Editorial USA, LLC
8950 SW 74th Court, Suite 2010
Miami, FL 33156

Publicado por Vintage Español,
una división de Penguin Random House Grupo Editorial. Todos los derechos reservados.

Traducción: 2024, Dra. Alexandra de Castro
Diseño de cubierta: Charice Silverman
Ilustraciones: Steph Stilwell
Cubierta: © 2023, Amulet Books. Adaptación de PRHGE

Imágenes cortesía de Shutterstock.com: Portada: abeja, Marco Tulio; mariposa azul, Vladimirkarp; araña, Subin Sailendran; catarina, motorolka; milpiés, asawinimages; insecto verde, irin-k; lupa, Rtimages. Páginas i, 28, 29: mariposas azules, Vladimirkarp. Página 6: camarón, Mariusz W. Página 7: cangrejo, Tatyana Domnicheva. Páginas 15, 29, 62, 63: insectos, irin-k. Página 19: fotandy. Página 21: Komsan Loonprom. Página 26: científico con mariposa, Elnur; científicos con microscopio, Thammanoon Khamchalee. Página 35: Wirestock Creators. Página 38: telarañas; MelnikovSergei e IanRedding. Página 39: Sari ONeal. Página 41: telaraña en la hierba, Bildagentur Zoonar GmbH. Página 43: xtotha. Página 46: kooanan007. Página 48: Alex Stemmers. Página 49: zatvornik. Página 50: Jr images. Página 52: OSDG. Página 53: Jarous. Página 55: camarón, David Tadevosian. Página 57: milpiés, somyot pattana. Página 57, 64: D Busquets. Página 59: Fercast. Página 58: Lápices, hoja verde. **Imágenes de dominio público:** Portada: mariposa naranja, ksblack99, flor, Marianne Cornelissen-Kuyt. Página 5: hormigas, kazuend; araña, ViajeroExtraviado; ciempiés, AchimRodekohr. Página 6: araña, Leon Brooks. Página 8: Jessica Towne. Página 14: jms85. Página 18: Kaldari. Página 22: cucaracha, Brett_Hondow. Página 29: ilustración, Maria Sibylla Merian. Página 31: Katja Schulz. Página 37: telarañas, Johann Ravera, GerritR. Página 38: pasja1000. Página 41: telaraña en casa, GerDukes. Página 42: Josefka. Página 45: imakeitsolutions. Página 55: cangrejo, Dav Pape. Página 57: abeja, Alabama Extension. Página 60: Charles J. Sharp. Página 64: K Bahr. Página 69: hierba, Josh Pollock; insectos, USFWS Midwest Region.

Impreso en Colombia / *Printed in Colombia*

Información de catalogación de publicaciones disponible
en la Biblioteca del Congreso de los Estados Unidos

ISBN: 979-88-909804-3-4

24 25 26 27 28   10 9 8 7 6 5 4 3 2 1

Un insecto saltó sobre una flor cuando estaba en el jardín. Me acerqué. Había insectos en las hojas y en el suelo. ¡Incluso en el aire!

Unos eran repugnantes y reptantes.
Otros zigzagueantes y babosos.
Unos cuantos eran muy ruidosos.
Andaban por todas partes.
Todos eran diferentes.
¡Todos eran fascinantes!

¿QUÉ SON LOS INSECTOS?

¡Es un misterio! ¡Una adivinanza! ¡Un rompecabezas! ¡Una investigación!

¡Es hora de descubrir todo sobre los insectos!

Llamamos insectos a las hormigas, las arañas y los ciempiés. En realidad, son diferentes, pero están relacionados. Los científicos llaman a estos animales **artrópodos**.

LOS ARTRÓPODOS SON SORPRENDENTES

- Hay 1,170,000 tipos de artrópodos.

- ¡Los artrópodos constituyen el 80% de todos los animales!

- Los insectos, las arañas, los milpiés e incluso los cangrejos y los camarones son **artrópodos**.

- ¡Los artrópodos no tienen huesos!

- ¡Tampoco tienen piel!

Los cuerpos de los insectos son diferentes de los cuerpos humanos. Los humanos tenemos huesos que nos sostienen y los insectos no. Los insectos tienen una cubierta dura, llamada **exoesqueleto**, que los protege. Por ejemplo, el caparazón de un escarabajo es un exoesqueleto.

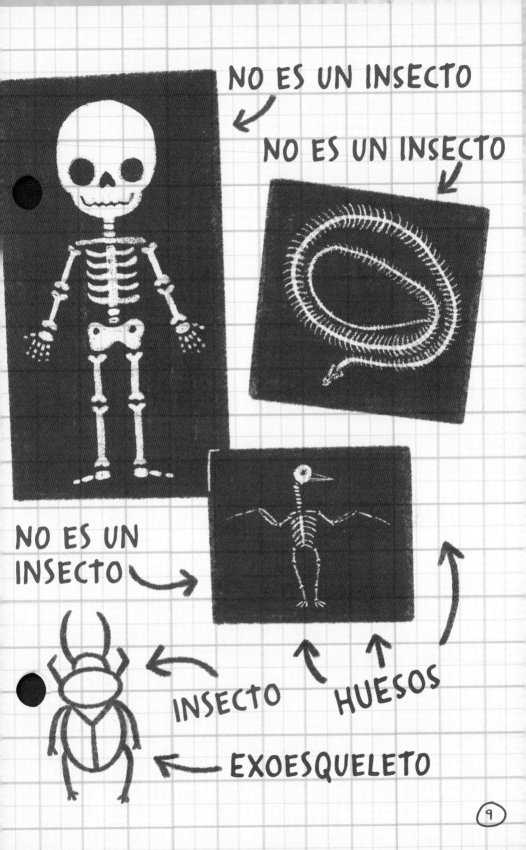

NO ES UN INSECTO

NO ES UN INSECTO

NO ES UN INSECTO

INSECTO

HUESOS

EXOESQUELETO

Los cuerpos de los insectos están formados por secciones llamadas **segmentos**. Los humanos no estamos perfectamente divididos como los insectos, que además son muchísimo más pequeños que nosotros, ¡lo cual probablemente sea bueno!

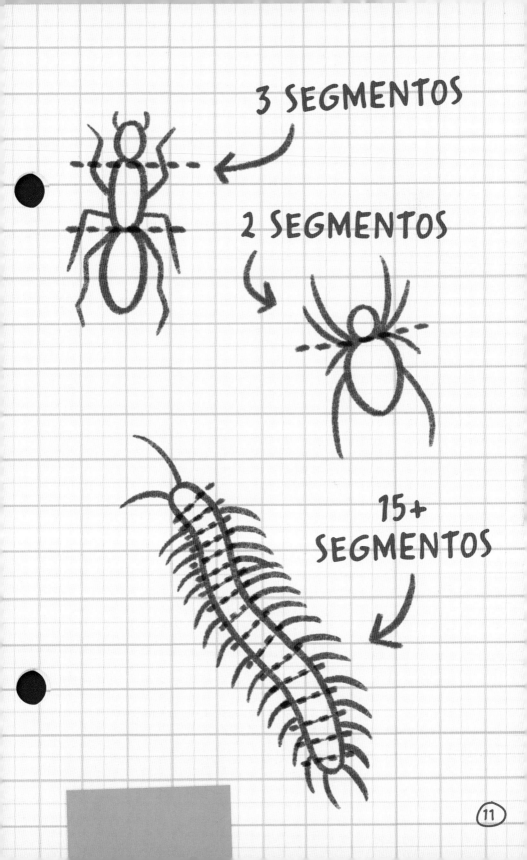

¡ARTRÓPODO!

(Un poema de Ada Magnífica)

Levanté un tronco

y ¿qué vi?

Un montón de insectos

que venían hacia mí.

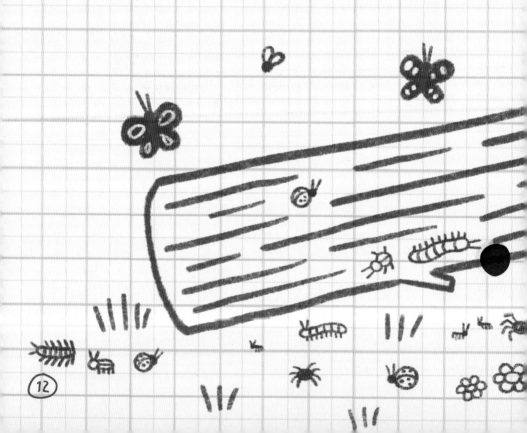

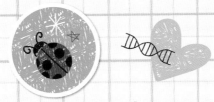

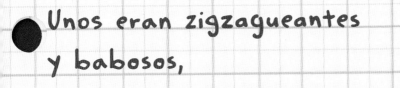

Unos eran zigzagueantes
y babosos,

otros eran pavorosos,

pero compartían algo semejante:

de los artrópodos eran
todos integrantes.

Hay muchos tipos de insectos. ¡Aprendamos más sobre ellos!

Los **insectos** son el grupo más diverso de artrópodos. Hay entre seis y diez millones de especies diferentes en nuestro planeta.

¿CUÁNTOS SEGMENTOS TIENE EL CUERPO DE UN INSECTO?

El cuerpo de los insectos se divide en tres segmentos: cabeza, **tórax** (TÓ-RAX) y **abdomen** (AB-DO-MEN, una palabra elegante para decir "barriga").

Las PARTES de un INSECTO

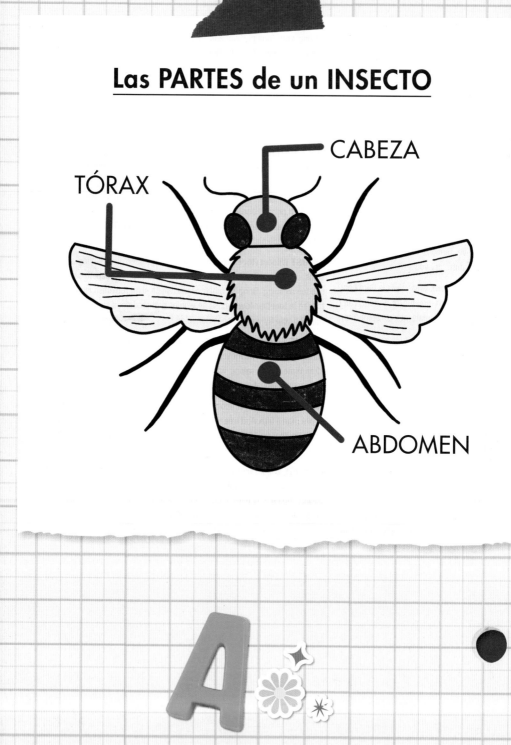

CABEZA

TÓRAX

ABDOMEN

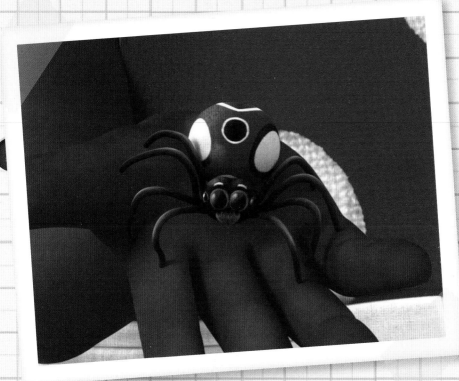

En la cabeza de un insecto están las antenas, la boca y los ojos. Los insectos adultos pueden tener dos tipos de ojos.

Los **ojos simples** solo pueden ver el movimiento y la luz. No ven formas ni tamaños.

Ojos simples

Por ejemplo, un insecto con ojos simples no distingue entre una rosa y un tulipán, o entre una casa y un auto.

El otro tipo de ojos de los insectos se llama **ojos compuestos.**

Los ojos compuestos pueden ver formas y tamaños. Están hechos de cientos de ojos pequeños. Cada pequeño ojo envía una imagen al cerebro del insecto, que toma esas pequeñas imágenes y las convierte en una grande.

Ojos compuestos

OJOS DE LOS INSECTOS

- Algunos insectos solo tienen ojos simples.

- Algunos insectos tienen ojos simples y compuestos.

- No hay insectos que solo tengan ojos compuestos. ¡Tienen muchos ojos simples!

- La mayoría de los insectos tiene de uno a tres ojos simples.

- ¡El ojo compuesto de la mosca está formado por casi 800 ojitos!

- ¡El ojo compuesto de la cucaracha está formado por unos 2,000 ojitos!

La parte central de un insecto se llama **tórax**. Generalmente, los insectos tienen seis patas que salen del tórax, tres patas de cada lado.

Algunos también tienen uno o dos pares de alas. Los músculos del tórax de los insectos son muy fuertes. ¡Les ayudan a mover todas esas patas y alas!

Los insectos no tienen pulmones como nosotros los humanos. Para respirar, usan unos huecos pequeñitos que tienen en el tórax.

CÓMO RESPIRAN LOS INSECTOS

PATAS

ALAS

HUECOS PARA RESPIRAR

El último segmento de los insectos se llama **abdomen**. Al igual que nuestra barriga, el abdomen de los insectos digiere los alimentos y expulsa los desechos. El corazón de los insectos también está dentro del abdomen.

Hay muchísimos insectos y queda tanto por descubrir sobre ellos.

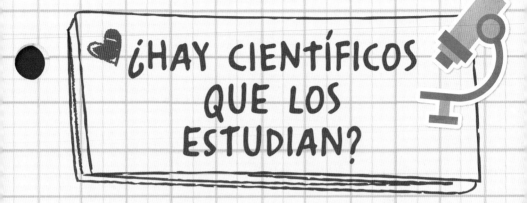

¿HAY CIENTÍFICOS QUE LOS ESTUDIAN?

Sí, ¡los hay! La entomología (en-to-mo-lo-GíA) es la ciencia de los insectos. Los humanos hemos sentido curiosidad por los insectos desde hace miles de años. Al estudiarlos, los entomólogos han aprendido muchas de las funciones importantes que los insectos desempeñan en nuestro ambiente.

ARISTÓTELES (384-322 a.C.), filósofo griego estudioso de la naturaleza, fue la primera persona que describió las distintas partes de los insectos en el siglo IV A.C., ¡hace más de dos mil años!

MARIA SIBYLLA MERIAN (1647-1717) fue la primera mujer, en Europa, especializada en insectos. También era artista e hizo hermosos dibujos de casi 200 tipos de insectos.

CHARLES H. TURNER

(1867-1923) fue el primer científico negro estadounidense especializado en insectos. Estudió el comportamiento de las hormigas y las abejas y descubrió que las abejas podían ver tanto colores como patrones.

MARGARET S. COLLINS

(1922-1996) fue la primera científica negra americana especializada en insectos. Estudió cómo sobreviven las termitas en entornos muy calurosos y secos.

Las **arañas** son otro tipo de artrópodo. Solemos llamarlas "insectos", pero las arañas no lo son y difieren de los insectos en muchos aspectos.

Las arañas sólo tienen dos segmentos corporales. La cabeza y el tórax están unidos y forman un solo segmento. Este segmento se denomina **prosoma** (pro-SO-ma). En él se encuentran los ojos, la boca y las patas de las arañas.

Las arañas tienen ocho patas en lugar de seis. ¡La mayoría de ellas también tienen ocho ojos simples! Las arañas no tienen antenas.

¿Tiene antenas?

NO

SÍ

RASGO	ARAÑA	INSECTOS
Segmentos corporales	2	3
Número de patas	8	6
Ojos	Solo simples	Siempre tienen ojos simples, ¡Pero también podrían tener ojos compuestos!
Antenas	¡No!	¡SÍ!

El abdomen de las arañas contiene al estómago, el corazón y un órgano responsable de fabricar la seda para las telarañas.

En el abdomen de las arañas hay dos hendiduras parecidas a las branquias de los peces. Dentro, hay unos pulmones especiales llamados **pulmones de libro**. Se llaman así porque están formados por "páginas" delgadas o bolsitas que se llenan de aire.

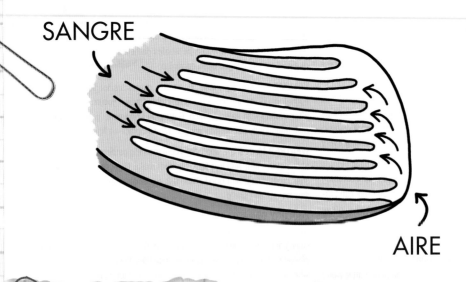

SANGRE

AIRE

Encontré una telaraña tendida entre las ramas de un árbol. Era preciosa.

¿POR QUÉ HACEN TELARAÑAS LAS ARAÑAS? ¿TODAS LAS ARAÑAS HACEN TELARAÑAS?

Las arañas son cazadoras. Se alimentan, sobre todo, de insectos. Muchas construyen telarañas de seda y las utilizan para atrapar a sus presas, pero no todas las telarañas son iguales.

TELARAÑAS MARAVILLOSAS

- ## LAS TELARAÑAS ORBICULARES
  son telarañas grandes que tienen forma de círculo. ¡Parecen ruedas!

- ## LAS TELARAÑAS EMBUDO son
  planas y tienen un tubo que conduce al nido de la araña.

- **TELARAÑAS IRREGULARES** son pegajosas y desordenadas. No tienen una forma bien definida y se llaman también telarañas enredadas.

- **TELARAÑAS DE HOJA** son planas y gruesas como una alfombra con muchas capas.

El tipo de tela indica qué clase de araña es. Por ejemplo, las arañas viuda negra tejen telas embudo.

¡Una AUTÉNTICA araña viuda negra!

El tipo de telaraña también indica dónde viven. La mayoría de las que tejen telarañas orbiculares están cerca de bosques o jardines. Puedes encontrar telarañas embudo entre rocas y plantas. Muchos rincones de la casa tendrán una o dos telarañas irregulares y las telarañas de hoja se extienden por la hierba o las ramas.

π

41

No todas las arañas tejen telarañas. Las tarántulas son arañas peludas que no hacen telarañas. ¡Saltan sobre sus presas para atraparlas! Las arañas lobo también saltan para atrapar a sus presas.

Tanto las tarántulas como las arañas lobo construyen **madrigueras**. Una madriguera es un pequeño agujero o túnel que se utiliza como hogar.

Levanté una piedra en el jardín y había un gusano. Excepto que no era un gusano. ¡Tenía patas! ¡Montones y montones de patas! ¿Qué era aquello?

Los **milpiés** y **ciempiés** son otro grupo de artrópodos. Tienen muchos segmentos, ¡no solo dos o tres!

La mayoría de los milpiés nace con seis segmentos. Los milpiés pueden llegar a medir 30 cm y tener hasta cien segmentos y algunos ciempiés pueden tener hasta 177 segmentos pero la mayoría solo tiene quince.

Hay milpiés y ciempiés alrededor de todo el mundo. Les gusta vivir en lugares húmedos. ¡Pero también pueden vivir en el desierto! Incluso se han encontrado en el Círculo Polar Ártico, ¡en el Polo Norte!

Los milpiés y los ciempiés también tienen diferencias. Los ciempiés comen insectos, arañas e incluso otros ciempiés. Los milpiés no comen otros insectos, sino madera podrida, plantas u hojas.

Los milpiés tienen más patas que los ciempiés. Tienen dos pares de patas que sobresalen de cada segmento corporal. Los ciempiés solo tienen un par de patas en cada segmento.

MILPIÉS

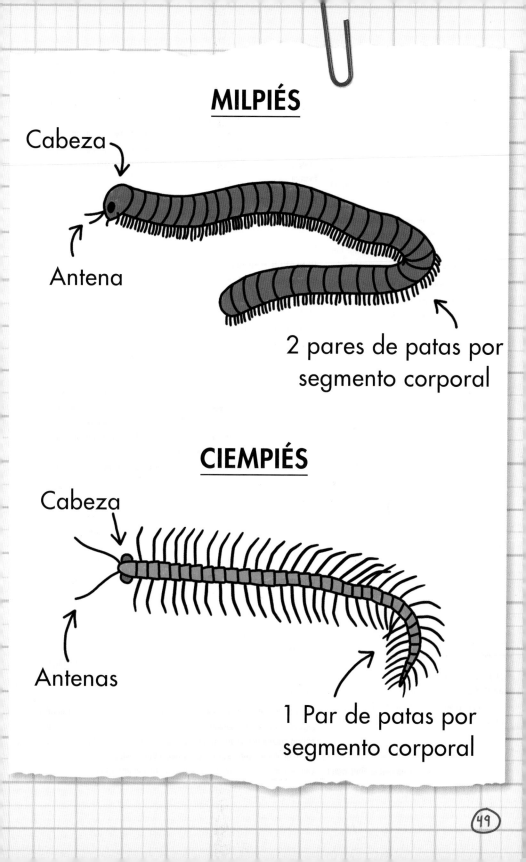

Cabeza

Antena

2 pares de patas por
segmento corporal

CIEMPIÉS

Cabeza

Antenas

1 Par de patas por
segmento corporal

RASGO	MILPIÉS	CIENPIÉS
Número de segmentos	¡Hasta 100!	¡Hasta 177!
Patas por segmento	2	1
Comida favorita	Madera, plantas, hojas	Insectos, arañas, otros ciempiés
¿Dónde viven?	¡En todas partes!	¡En todas partes!

Los insectos, las arañas, los milpiés y los ciempiés son artrópodos. También lo son los cangrejos, las langostas y los camarones.

No pensamos en ellos como insectos, pero forman parte de la familia de los artrópodos.

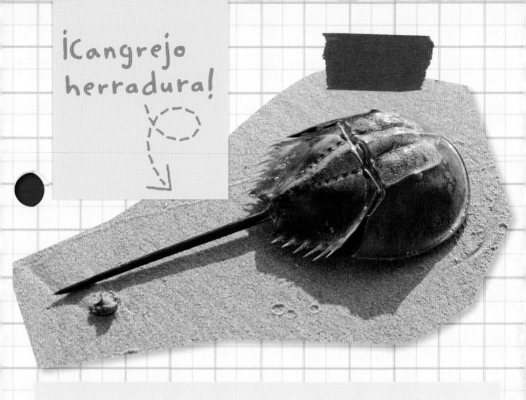

¡Cangrejo herradura!

Por ejemplo, el caparazón protector de un cangrejo es su exoesqueleto. ¡Los cangrejos herradura no tienen huesos! Y al igual que los "pulmones de libro" que utilizan las arañas para respirar, los cangrejos herradura utilizan **branquias de libro**. De hecho, ¡los cangrejos herradura están más emparentados con las arañas que con otros cangrejos!

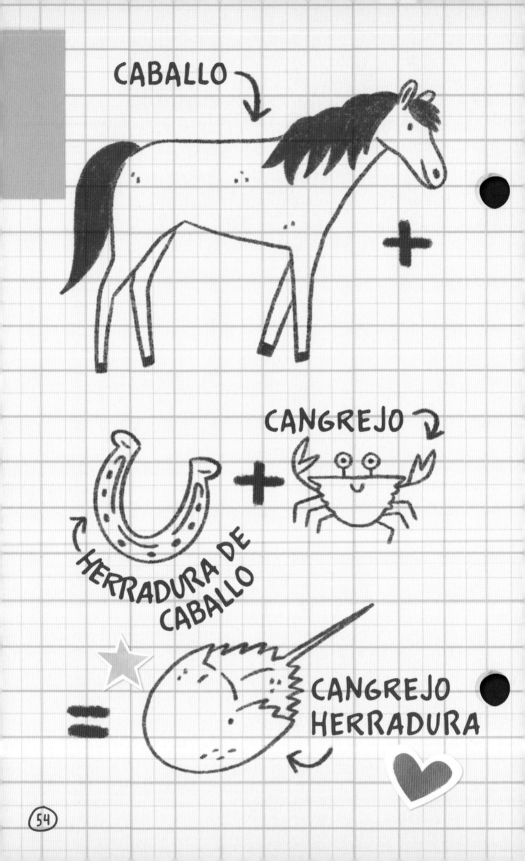

CABALLO

HERRADURA DE CABALLO + CANGREJO

= CANGREJO HERRADURA

54

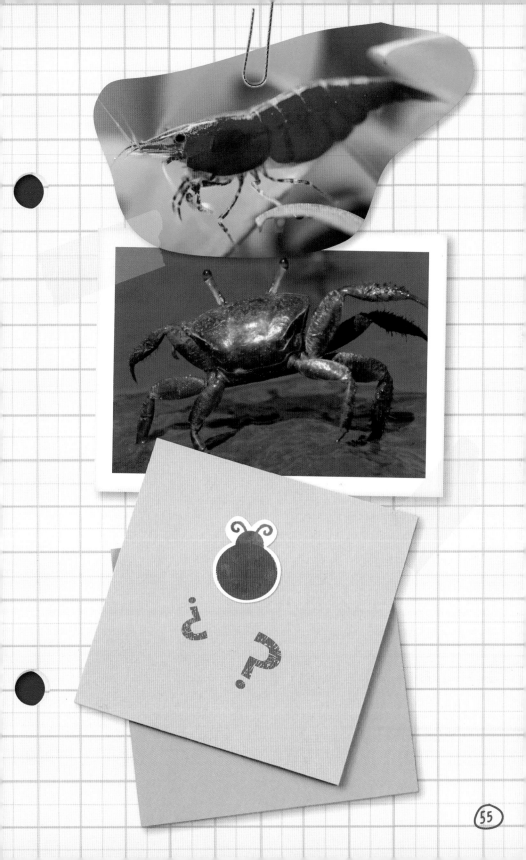

Algunas personas tienen miedo de los insectos y de otros artrópodos. ¡Pero la mayoría son inofensivos!

En Estados Unidos hay unos 40,000 tipos de arañas, solo cuatro de ellas son peligrosas.

Los milpiés tienen muchas patas espeluznantes, pero en realidad son muy tímidos. Incluso pueden esconderse, haciéndose una bolita, si los sorprendes.

Las abejas son insectos que pueden picar, pero solo pican a los humanos cuando están asustadas.

¡Los insectos son geniales! Hay más insectos que personas, pero eso es bueno. ¡Los necesitamos! Los insectos son muy importantes para nuestro ecosistema. Por ejemplo, las abejas nos ayudan a cultivar frutos esparciendo el polen de flor en flor.

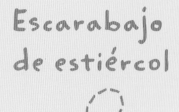

Escarabajo
de estiércol

Estiércol = caca

Los insectos que viven en la tierra ayudan a mantenerla sana para que podamos cultivar alimentos deliciosos. Además, ayudan a mantener limpio nuestro planeta descomponiendo residuos de plantas y animales muertos. ¡Algunos incluso comen caca!

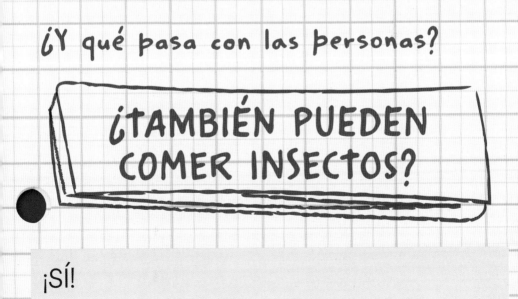

Los insectos también son alimento para otros animales. Algunas ranas comen moscas, algunos pájaros comen escarabajos, ¡e incluso los murciélagos comen insectos! Los insectos que viven en el agua alimentan a muchos peces.

¿Y qué pasa con las personas?

¿TAMBIÉN PUEDEN COMER INSECTOS?

¡SÍ!

INVESTIGA

HeCHOS

- Cerca de dos mil millones de personas de diversas culturas del mundo comen insectos como parte de su dieta normal.

- Las cigarras son una merienda muy popular en algunas partes de Estados Unidos. Tienen muchas proteínas y te fortalecen.

- En el sur de Brasil también se comen hormigas gigantes aladas. Les quitan las alas, las fríen y las bañan en chocolate. ¡Qué rico!

- Los cangrejos, las langostas y los camarones son artrópodos, así que, si los has comido antes, ¡no te parecerá tan raro que otros coman insectos!

- Comer insectos es bueno para la Tierra. El cultivo de insectos no produce tantos gases de efecto invernadero como la cría de animales de granja destinados a la alimentación, especialmente de vacas o cerdos. Los gases de efecto invernadero están calentando cada vez más nuestro planeta.

Los insectos son miembros importantes de nuestro planeta, pero su número está disminuyendo. Cada vez más, los humanos ocupan espacio y los insectos tienen menos lugares donde vivir. Además, a medida que la Tierra se calienta, a los insectos les resulta más difícil encontrar comida.

Si hay menos insectos, también habrá menos comida para animales como aves, reptiles y peces.

¡Realmente necesitamos a los insectos! Su desaparición es un gran problema. Tal vez podamos ayudar, ¡las pequeñas acciones pueden ser poderosas! ¿Cuáles podrían ser?

NECESITAMOS UNA ¡LLUVIA DE IDEAS

Podríamos ayudar a los insectos plantando distintos tipos de flores silvestres. Eso daría a las abejas muchas opciones para alimentarse. Cuantos más tipos de flores puedan visitar las abejas, ¡más felices serán! Y cuando las abejas son felices, producen más miel. ¡Y más abejas!

Las abejas felices también esparcen más polen. Eso nos ayuda a cultivar MUCHOS alimentos, como frutas y verduras. ¡Necesitamos a las abejas! Sin ellas, tendríamos mucha menos comida.

¡También podemos construir hoteles para insectos! Son como las casas para pájaros. Ofrecen protección y refugio.

Dejar crecer la hierba en nuestro patio o jardín es otra buena forma de ayudar a los insectos. La hierba alta y las hojas le permiten a los insectos esconderse.

¡Podemos impulsar un cambio!

Ahora tengo MÁS PREGUNTAS que antes.

¿Por qué cada pregunta lleva a más preguntas?

¿Es para responderlas que usamos la ciencia?

¿?

¿?

¿?

¿?

MIS PREGUNTAS

¿Cómo se comunican las arañas entre sí?

Mi hermano me llama "cangrejo ermitaño" cuando me encierro en mi habitación. ¿Los cangrejos tienen habitación?

¿Cuál es el insecto más grande del mundo?

¿Por qué las hormigas se siguen unas a otras en fila?

¿Cómo encuentran las abejas las flores?

¿Las polillas pueden ver en la oscuridad?

¿Hay insectos en el Polo Norte o en el Polo Sur?

¿Cuál es el artrópodo más pequeño del mundo?

¿Nadan las mariposas?

¿Los escarabajos pueden tocar la guitarra?

EXPERIMENTOS

SIMPLES DE

CIENCIA

¡NECESITAS LA AYUDA DE UN ADULTO!

¡CONSTRUYAMOS UN HOTEL PARA INSECTOS!

MATERIALES

La estructura del hotel puede ser una caja o cajón de madera vieja*.

Cualquier combinación de los materiales que se indican a continuación funcionará. ¡Sé creativo!

- Ramitas
- Hojas
- Trozos de cartón
- Tubos de rollos de papel higiénico
- Aserrín

- Papel enrollado
- Trozos de corteza de árbol
- Ramas huecas o troncos pequeños

* También puedes utilizar una maceta vieja volcada de lado, un cajón de madera para reciclar o una casita para pájaros vieja, sin la pared frontal.

INSTRUCCIONES

1 Decide la estructura que quieres usar para el hotel para insectos.

2 Reúne los materiales que colocarás dentro de tu hotel. Puede ser cualquier combinación de los materiales recomendados antes.

3 Coloca los materiales dentro de tu hotel para insectos. ¡A los insectos les gusta esconderse! Los tubos de rollos de papel higiénico son buenos escondites para ellos.

 4 Llena el hotel de materiales, pero deja también espacio para que los insectos hagan sus hogares. Puede que tengas que mover los materiales a medida que lo llenes.

5 Coloca el hotel en un lugar oscuro y resguardado. Puede ser junto al jardín o a un montón de leña, o cerca de arbustos y plantas.

6 ¡Observa! ¿Qué tipos de insectos visitan tu hotel? También puedes hacer dos o más hoteles con distintos materiales en su interior y comparar los visitantes. Esto te ayudará a saber qué entornos prefieren los distintos insectos.

¡HAGAMOS OTRO EXPERIMENTO!

TEJE UNA TELARAÑA ORBICULAR

MATERIALES

- Palitos de helado

- Pegamento o pistola de silicón caliente*.

- Hilo

- Tijeras

- Pintura (opcional)

* Si se utiliza una pistola de silicón caliente,
se recomienda la supervisión de un adulto.

INSTRUCCIONES

1 Pega tres palitos de helado juntos. Debe lucir como la estructura de un copo de nieve. Deja que el pegamento se seque.

2 Una vez secos, puedes pintar los palitos de helado (opcional). Si los pintas, espera a que la pintura esté seca.

3 Corta un trozo de hilo de un metro de largo.

4 Ata el extremo del hilo con un nudo en el centro de la red de palitos.

5 Enrolla el hilo sobre un palito de helado y luego bajo el siguiente. Repite la operación una y otra vez para construir la telaraña.

6 Cuando termines de enrollar el hilo, ata el extremo al último palito.

Andrea Beaty es la autora de la exitosa serie *Los Preguntones* y de muchos otros libros. Es licenciada en Biología y Ciencias de la Computación. Andrea vive en las afueras de Chicago, donde escribe libros para niños y planta flores para las aves, las abejas y los insectos. Aprende más sobre sus libros en AndreaBeaty.com.

Sirk Productions

Theanne Griffith, PhD es una científica que estudia el cerebro durante el día y cuenta historias por la noche. Es la investigadora principal de un laboratorio en la Universidad de California–Davis y autora de la serie de aventuras de ciencia *Los Fabricantes Magníficos*. Vive en el norte de California con su familia. Lee más sobre ella en sus libros de ciencia, matemáticas, ingeniería y tecnología en TheanneGriffith.com.

Samantha Jovan Photography

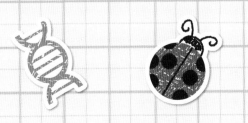